À tous les mots d'Eléa qui ont engendré cette histoire.

À ma Maman, et Bro.

À Sofi pour m'avoir remis en selle
À Élisabeth pour m'avoir poussé comme un frère
À Alexandra pour m'avoir appris
le vélo sans les petites roues
À Alexis pour m'avoir orienté et chaussé
À Hélène Millot pour avoir dit « go »,
et chuchoté quelques mots, qui font ce livre.
Merci.

E. B.

11, rue de Sèvres, Paris 6e
Loi n° 49.956 du 16 juillet 1949 sur les publications
destinées à la jeunesse : août 2020
Dépôt légal : août 2020
Imprimé en France par Estimprim à Autechaux

ISBN 978-2-211-30679-9

Emmanuel Bergounioux

Berlingot et Vermicelle

Illustrations d'Alexis Dormal

Mouche
l'école des loisirs

Chapitre 1
Les deux font la paire

Berlingot et Vermicelle étaient une paire de chaussures.
Des chaussures, il en existe plein de communes, mais telles que Berlingot et Vermicelle, aucune.

Berlingot était aussi spontané et volubile que distrait, et ses lacets étaient toujours défaits.

Vermicelle était, elle, réfléchie et discrète, mais savait se faire entendre, et de manière habile.

Si désormais les deux faisaient la paire,
il n’en avait pas toujours
été ainsi.

Car pas facile pour des
chaussures d’avoir une
conversation…

… lorsqu’on est toujours en mouvement.

D'autant que leur propriétaire, Jean-Émile, dont c'était la paire fétiche, se déplaçait beaucoup à pied et à vélo.
Il n'était donc pas rare qu'un échange banal prenne la journée.

Et le soir, une fois au placard, Berlingot et Vermicelle tombaient raides dans leur plumard.

Cependant, au fil du temps, ils commencèrent ensemble à écrire une petite musique bien sympathique !

Du jour où Berlingot avait pris l'eau en plongeant dans une grosse flaque tandis que Vermicelle, elle, était restée au sec, ils n'avaient plus cessé de faire les zozos. Enfin, surtout Berlingot, qui avait bien compris comment faire rire Vermicelle.

Comme cette fois où il avait tout fait pour ne pas éviter une vieille peau de banane : et hop ! Jean-Émile s'était retrouvé les fesses par terre et les quatre fers en l'air : Berlingot et Vermicelle avaient vu le monde haut, et c'était beau !

Durant l'hiver, Jean-Émile avait laissé ses chaussures au placard, de telle manière que Berlingot et Vermicelle avaient eu tout leur temps pour apprendre à se connaître. Berlingot découvrait qu'il aimait se taire et Vermicelle raconter des histoires.

Il voyait où elle voulait en venir avant même que Vermicelle ait terminé, mais ça lui permettait de se répéter combien il la trouvait belle, sans perdre le fil. Et Vermicelle de s'apercevoir qu'on ne l'avait jamais regardée comme ça…

Au fur et à mesure que le temps passait, Berlingot et Vermicelle se découvrirent également une drôle de passion commune : les cailloux ! À force d'en rapporter plein du dehors, ils avaient fini par se constituer un joli petit magot.

Avec, ils étaient très inventifs : Berlingot aimait peindre dessus des motifs rigolos,

tandis que Vermicelle préférait inventer des collages et des petits tableaux.

Ils avaient même fabriqué un dé et un plateau pour jouer au jeu de l'oie ; ou plus exactement au jeu de l'oillou, ce qui les faisait beaucoup rire !

Oui, mais voilà : Berlingot et Vermicelle commençaient à être à court de cailloux, et les beaux jours n'étaient pas pour tout de suite…

Chapitre 2
En paire et contre tout

Berlingot et Vermicelle n'avaient certes plus de cailloux…

…mais ils savaient où en trouver.

Pour cela, ils s’étaient alors décidés à vivre la grande aventure :

sortir sans pied à leur chaussure !

Et patatrac, direction le parc !

Ce matin-là, bien que le ciel fût menaçant, Berlingot et Vermicelle choisirent d'y aller gaiement. Enfin presque.

Car Vermicelle avait insisté pour prendre un parapluie ; Berlingot, quant à lui, soutenait que c'était un coup à se faire des nœuds au cerveau.

Résultat : ils marchèrent tout d'abord à cloche-pied pour soutenir ensemble le parapluie.

Avant de s'emmêler les pinceaux au bout de quelques pas et de voir leur numéro d'équilibriste finir tout raplapla.

Ils partirent alors tous deux en balade sans parapluie, et du mauvais pied…

Il y avait deux chemins pour se rendre au parc. Berlingot et Vermicelle parlèrent d'une seule et même voix :
– Par là !

Mais chacun indiquait du bout de son lacet un chemin différent de l'autre.

Résultat : ensevelis sous des patati et patata de mauvaise humeur,

chacun tourna le dos à l'autre et s'éloigna.

C'était la première fois que Berlingot et Vermicelle n'étaient pas d'accord.

Un coup de tonnerre retentit dans le ciel.

Berlingot sentit au fond de lui qu'il était triste. Une goutte, puis deux glissèrent sur le bout de son nez.

Il n'avait pas vu venir les larmes.

Et encore moins
la pluie
qui se mit
à tomber.

De plus en plus fort.

Le vent commença à souffler ; et Berlingot se débattait avec ses lacets comme d'autres battent des ailes dans la tempête.

Vermicelle marcha aussi vite qu'elle le put jusqu'à l'entrée du parc en se disant que là Berlingot et elle pourraient se retrouver et s'abriter.

Malgré les éléments qui commençaient à se déchaîner, Vermicelle fut la première à arriver ; elle avait pris le chemin le plus court…

De l'autre côté de la rue,Vermicelle aperçut Berlingot qu'elle faillit ne pas reconnaître, empêtré qu'il était à faire des arabesques avec ses lacets tandis qu'il attendait pour traverser.

Une voiture passa à vive allure dans une flaque qui éclaboussa Berlingot…

… et le fit tomber dans le caniveau.

Le courant était si fort qu'il fut emporté.
Berlingot avait disparu.

Vermicelle voulut se précipiter vers lui

mais, sous l'effet du vent,

des branches lui tombèrent dessus.

Sa vue se brouilla et Vermicelle éclata en sanglots.

Une seconde averse coula de ses yeux : elle allait faire comment pour marcher sans lui ?

Vermicelle s'imaginait déjà ne plus pouvoir mettre un pied devant l'autre…

Berlingot songea à la piscine, aux frites en mousse et au pipi dans le maillot, et il se sentait bien.

Jusqu'à ce qu'il percute le trottoir et s'aperçoive qu'il flottait dans le caniveau avec une banane tout près de lui, et un chien en train d'uriner.

– Hé, oh ! Toi, l'asticot ! Gaffe à ton derrière !
Je suis un godillot, moi ! Pas une pissotière !
Berlingot essayait d'enjamber la banane comme une bouée dans l'espoir de souffler un peu.

Mais, pour commencer, il semblait plutôt que c'était la banane qui se servait de Berlingot comme d'une bouée ;

et Berlingot n'en finissait plus de boire la tasse.

Lorsqu'il parvint à se stabiliser enfin, il se demanda soudain si Vermicelle avait trouvé des cailloux pour le soir, ce qui lui redonna de l'espoir,

et si l'on s'aimait encore lorsqu'on n'était pas d'accord, ce qui le fit réfléchir.

Berlingot se dit que, si elle et lui étaient capables de faire avec des cailloux des choses tout à fait différentes, alors lui pouvait bien

faire fi de ses désaccords avec Vermicelle, encore et encore. Jusqu'à la fin…

Vermicelle était recouverte de branches comme si Pinocchio lui était tombé dessus en morceaux.

Sous ses yeux au loin se formait un double arc-en-ciel. C'était la première fois qu'elle en voyait un.

Elle oublia quelques instants tous ses soucis. Puis songea alors que, si Berlingot était là, il dirait certainement quelque chose de drôle, et que cela serait encore plus beau.

Ou que ça l'agacerait, mais elle aimait bien ça aussi.

Parce que c'était lui.

Non, vraiment, elle avait mieux à faire que de scruter le ciel.

Alors Vermicelle se remit en selle.

«Au diable Pinocchio, rendez-moi mon Berlingot!»

kaï! kaï! kaï!!!

Chapitre 3
À double nœud

Berlingot pêcha enfin une bonne idée dans sa tête et il sut soudain quoi faire de chouette avec sa banane : les mains cramponnées à elle comme à un grappin, il tentait d'accrocher le bord du trottoir afin d'y grimper.

Mais Berlingot avait deux mains gauches, il risquait donc fort de rester encore un bon moment les pieds dans l'eau.

Tout en courant
le long du caniveau
le cœur battant, Vermicelle
ne pensait qu'à une chose :
être avec Berlingot ce soir...
Tandis que Vermicelle remontait
le courant, elle aperçut Berlingot,
au bout du rouleau – ou de la banane,
c'est selon.

Leurs regards se croisèrent et, pétard de pétard, il y eut soudain en chacun d'eux comme un net regain d'espoir !

Pourtant, à quelques mètres de Berlingot, un camion était bel et bien sur le point d'entrer en collision avec lui.

Après le caniveau, il était hors de question qu'il finisse dans les égouts à faire *et glou et glou* !

Vermicelle allait
le sortir de là,
c'est sûr !

Cependant,
lancée à toute allure,
elle s'emmêla dans ses lacets défaits et trébucha ! Berlingot la vit voler au-dessus de lui, comme une danseuse étoile filante.

Et *bim* ! Vermicelle s'écrasa le nez sur le bitume !

Le camion commençait à lui chatouiller les fesses, et Berlingot était chatouilleux du derrière.

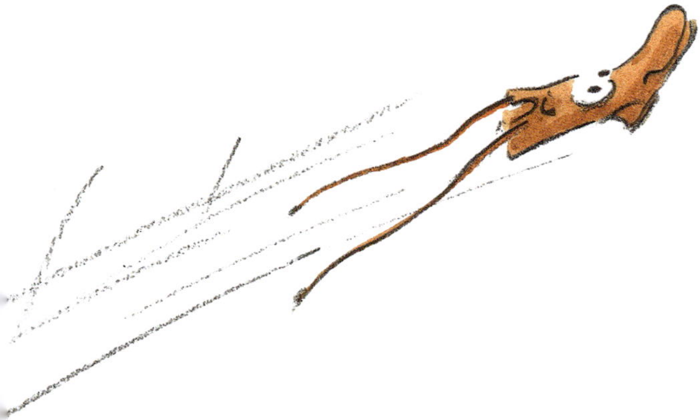

Néanmoins, Vermicelle en avait encore sous la semelle et, du bout de sa chaussure, elle appuya de toutes ses forces sur la queue de la banane, qui fit décoller Berlingot tel un suppo-fusée, *VRRR* !

Berlingot croisa alors un avion,
des étoiles…

… et même Saturne avant que dans sa tête cela ne tourne !

Oh ! Oh !

Vertige de l'amour !

Atterrissage.

Berlingot
retrouva le cœur du cuir
de Vermicelle.

Ils s'enlacèrent tendrement.

Vermicelle pensa qu'elle aimerait voir un arc-en-ciel avec lui.
Et Berlingot songea qu'il préférait n'être pas d'accord avec elle plutôt que d'accord tout seul avec lui-même.

Une mélodie s'échappait d'une fenêtre grande ouverte, non loin.
Berlingot et Vermicelle dansèrent sur un air de chanson sous la pluie.

Ils s'aimeraient désormais à double nœud. Et chacun promit alors que le chemin le plus court serait celui qu'ils emprunteraient ensemble.